AF451499

Mᵉ Gustave COULON

COMMISSAIRE-PRISEUR

12, Rue de la Victoire, 12

OBJETS D'ART

DU JAPON ET DE LA CHINE

NETZKÉ - JADES - BRONZES

PARAVENT - PANNEAUX DÉCORATIFS

BOIS SCULPTÉS

POTERIES ET PORCELAINES - ARMES

VENTE

le Mercredi 24 Janvier 1906

A 2 HEURES

HOTEL DROUOT — SALLE Nº 4

EXPOSITION PUBLIQUE

le Mardi 23 Janvier 1906

DE 2 H. A 5 H. 1/2

IMPRIMERIE ARTISTIQUE
C. CHAUFOUR RUE MILTON 8-10
PARIS.

CONDITIONS DE LA VENTE

———

La vente sera faite expressément au comptant.

Les acquéreurs paieront 10 o/o en sus des enchères.

L'exposition mettant le public à même de se rendre compte de l'état et de la nature des objets, etc., compris dans ce catalogue, aucune réclamation ne sera admise une fois l'adjudication prononcée.

DÉSIGNATION

NETZKÉ

1 — Chien de Fô. Ivoire.

2 — Manzaï (danseur bouffe) tirant la langue, corps en bois, visage et pieds d'ivoire.

3 — Deux tortues. Bois noir.

4 — Tête de chimère articulée. Bois laqué et doré. Signé KOZAN.

5 — Singe mangeant des kakis. Bois. Signé MASANAO.

6 — Le dieu de la tempête portant sur son dos l'outre des vents et le dieu du tonnerre avec son tambour. Ivoire. Signé GIOKOURIOSAÏ.

7 — Masque de Hannia. Bois. Signé MINKO.

8 — Cheval paissant. Ivoire.

9 — Personnage dans une conque. Bois.

10 — Groupe de onze masques. Bois.

11 — Buffle couché. Ivoire.

12 — Loup déterrant un crâne. Bois.

13 — Singe. Bois.

14 — Sennin (ermite) portant, enroulé autour du cou, son dragon familier. Ivoire.

15 -- Manzaï s'éventant. Bois.

16 — Crapaud pélerin, son bâton à la main et sa gourde sur l'épaule.

17 — Corbeille à charbon. Bois.

18 — Loup déterrant un crâne. Bois.

19 — Tas de coquillages. Bois.

20 — Singe piqué par un moustique. Bois. Signé MASANAO.

21 — Coquillage. Bois.

22 — Masque d'Okamé et pièce de jeu d'échec sur une gourde. Bois. Signé KEÏMA.

23 — Lapin. Bois.

24 — Tingou (divinité à tête d'oiseau) capturant une pieuvre. Ivoire.

25 — Cigale. Bois.

26 — Fleur de prunier. Ivoire.

27 — Chien de Fô sur un socle. Ivoire chinois.

28 — Poisson monstrueux culbutant d'un coup de queue deux pêcheurs. Ivoire.

29 — Personnage, les deux mains dans sa ceinture. Bois.

30 — Singe vêtu d'un manteau et portant un fruit.

31 — Buffle couché. Bois.

32 — Le dieu du tonnerre. Corne.

33 — Rat rongeant une fève. Ivoire et bois.

34 — Coquille d'awabi. Bois. Signé TOZAN.

35 — Dragon enroulé. Bois.

36 — Chien sur un balai. Ivoire.

37 — Enfant cachant un masque. Bois.

38 — Cheval sortant d'une courge.

39 — Foukouroukoudjou, le dieu de la longévité.

40 — Personnage en costume de nuit tentant de capturer un rat. Ivoire. Signé. RAN-ICHI.

41 — Tonnelier achevant un baril à saké. Ivoire.

42 — Chien de Fô. Ivoire.

43 — Deux champignons. Bois.

44 — Coquille d'awabi et tortue. Bois.

45 — Trois rats sur un couffin de riz. Ivoire.

46 — Personnage portant un cactus. Bois et corail.

47 -- Kaki. Ivoire. Signé MITSOUHIRO.

48 — Vieux sage appuyé sur son bâton. Bois.

49 — Un rat dans un vieux parapluie démantibulé. Ivoire.

50 — Chien assis. Bois.

AMULETTES

ET PETITES PIÈCES D'ORNEMENT EN JADE.

TABATIÈRES CHINOISES EN VERRE.

51 — Boucle de ceinture, jade, ajourée de fleurs et de personnages.

52 — Cachet en jade : Chien de Fô sur socle.

53 — Le même, formant paire avec le précédent

54 — Amulette en jade : Fleurs de lotus.

55 — Amulette en jade : Dragon.

56 — Amulette en jade : Poisson.

57 — Amulette en jade : Déesse musicienne.

58 — Amulette en jade : Sapèques.

59 — Amulette en jade : Fruits.

60 — Amulette en jade : Fleurs et rosace.

61 — Amulette en jade : Dragon stylisé.

62 — Amulette en jade : Chat.

63 — Amulette en jade : Saints personnages.

64 — Amulette en jade : Corbeille de fleurs.

65 — Amulette en jade : Chauve-souris et rosaces.

66 — Amulette en jade : Dragon.

67 — Amulette en jade : Fleurs et fruits.

68 — Amulette en jade : Corbeille de fleurs.

69 — Amulette en jade : Fleurs et fruits.

70 — Amulette en jade : Grecques et tête de
chimère.

71 — Amulette en jade : Poisson.

72 — Amulette en jade : Palme.

73 — Plaque en jade gravée de lunules.

74 — Presse-papier en jade, gravé d'un vase de
fleurs.

75 — Ornement en jade : Chimère et oiseau, sur
socle bois.

76 — Ornement en jade sur socle bois sculpté :
Enfant et cygne.

77 — Ornement en pierre dure sur socle bois
sculpté : Enfant jouant de la flûte sur le dos
d'un buffle.

78 — Agrafe de ceinture en jade.

79 — Agrafe de ceinture en jade sculptée d'un
dragon.

80 — Agrafe de ceinture en jade sculptée d'un
dragon.

81 — Agrafe de ceinture en jade sculptée d'un
dragon.

82 — Tabatière en verre deux tons.

83 — Tabatière en verre deux tons.

84 — Tabatière en verre deux tons.

85 — Tabatière en verre deux tons.

86 — Tabatière en verre deux tons.

87 — Tabatière en verre deux tons.

88 — Tabatière en verre deux tons.

89 — Tabatière en verre deux tons.

90 — Tabatière en verre peint à l'intérieur.

91 — Tabatière en verre peint à l'intérieur.

92 — Tabatière en verre peint à l'intérieur.

93 — Tabatière en verre peint à l'intérieur.

94 — Petite tasse pierre de lard.

95 — Statuette pierre de lard.

96 — Paire de vases pierre de lard, anses chimères. (Une anse est écornée).

USTENSILES DE FUMEURS

97 — Boîte à tabac en bois, forme pêche, pourtour sculpté de scènes rustiques.

98 — Boîte à tabac laque noir, décoré en laque d'or d'un daïmio écoutant un joueur de tsutsumi.

99 — Boîte à tabac cuivre doré, gravé et ciselé, couvercle bois sculpté avec incrustations de burgau et malachite.

100 — Boîte à tabac ronde, bois et ivoire, couvercle sculpté d'un Dharma (signé SHUMIN), coulant et netzké.

101 — Boîte à tabac de forme et décoration similaire, sans coulant ni netzké.

102 — Boîte à tabac bois et nacre d'awabi.

103 — Poche à tabac et étui à pipe en cuir chagriné, avec fermoir en bronze sculpté. chaîne et netzké-bouton en ivoire gravé. (Signé IPPOSAÏ).

104 — Poche à tabac similaire. Le kanamono (fermoir) est signé NAOMASA.

105 — Poche à tabac similaire.

106 — Pipe de lutteur en bronze argenté.

BRONZES

107 — Brûle-parfum forme grue.

108 — Brûle-parfum décoré en relief sur la panse
et le couvercle de salamandres.

109 — Presse-papier tortue.

110 — Presse-papier tortue.

111 — Applique en forme de chien de Fô.

112 — Applique en forme de chimère, bronze doré.

113 — Statuette.

114 — Statuette.

115 — Sauterelle articulée.

116 — Brûle-parfum forme canard.

117 — Vase avec anses formées par deux tortues.

118 — Paire de vases en bronze argenté, décorés
en relief de hérons et de roseaux.

119 — Paire de divinités Thibétaines, bronze doré.

119 *bis* — Gong bronze laqué, décor peint de fleurs et grues. Armoiries des Tokugawa.

PARAVENT

PANNEAUX DÉCORATIFS & BOIS SCULPTÉS

120 — Frise de temple, bois sculpté et doré.

121 — Frise de temple, bois sculpté et doré.

122 — Frise de temple, bois sculpté et doré.

123 — Frise de temple, bois sculpté et doré.

124 — Frise de temple, bois sculpté et doré.

125 — Frise de temple, bois sculpté et doré.

126 — Paravent de quatre feuilles en bois de paulownia, orné de quatre panneaux laqués or sur fond noir, décor dit des Quatre Saisons.

127 — Deux panneaux bois laqué, décor de carpes en or sur fond noir.

128 — Bouddha Amida sur socle, bois doré.

129 — Bouddha sur socle, bois doré.

130 — Bouddha sur socle, bois doré.

131 — Bouddha debout, sur socle, bois doré.

132 — Deux moineaux posés sur un suzuri (pierre
à délayer l'encre de Chine) tout usé. Signé
SUKÉTOSHI.

POTERIES ET PORCELAINES

133 — Paire de vases flambés, couverte bleue
mouchetée de noir.

134 — Paire de vases en forme de coquillages sur
lesquels se posent deux moineaux. Porcelaine
décorée de MAKOUZOU. Une des pièces est
légèrement ébréchée.

135 — Porte-bouquet en forme de chimère. Grès
de SÉTO.

136 — Bol couvert d'un émail crème, à retrait.
SHIDORO.

137 — Bol Chine, décor floral.

138 — Grand bol à pied. Porcelaine décor bleu.
NABÉSHIMA.

138 *bis* — Veilleuse en porcelaine de Chine à décor bleu. Armature de bronze.

139 — Grand bol, couverte crême, surémaillé de vert. Signé Tosa.

140 — Petite potiche à couvercle, décor polychrome, personnage et fleurs Satsuma.

141 — Porte-bouquet, forme tube, sur lequel s'appuie Daïkokou, un des sept dieux du bonheur. Grès de Bizen.

142 — Vase à anses formées par des têtes de chimères. Décor de volubilis. Porcelaine de de Makouzou.

143 — Vase en porcelaine, décoré sur le pourtour d'un dragon dans les flots. Signé Makouzou.

144 — Vase à long col. Grès flambé de Takatori.

145 — Vase à col large. Grès flambé de Takatori.

146 — Vase grès, à couverte craquelée gris bleu, décor de chrysanthèmes.

147 — Vase à fond brun rouge, décor de personnages.

148 — Coupe en grès de TAKATORI.

149 — Bol en grès de TAKATORI.

150 — Bol, Faïence de Kyoto, décor polychrome de fleurs stylisées.

151 — Cuvette porcelaine de Chine, décor fleurs, oiseaux et papillon, ébréchée.

152 — Vase Satsuma, décor personnage.

153 — Bonbonnière TOYOSUKÉ, faïence revêtue de laque.

154 — Bonbonnière grès, en forme de chrysanthème.

155 — Jardinière, grès de TAKATORI.

156 — Bol décoré de personnages. AWATA.

157 — Bol de forme basse, décoré de chrysanthèmes. AKOGHI.

158 — Bol décor floral. AKOGHI.

159 — Bol décor floral. AKOGHI.

160 — Bol décor floral. AKOGHI.

161 — Paire de plats IMARI, décor floral.

162 — Paire de grands plats IMARI, décor médaillons.

163 — Paire de grands plats IMARI en bleu et blanc.

164 — Paire de grands plats IMARI, décor oiseau de Hô.

165 — Paire de grands vases, blanc de Chine.

166 — Grande potiche IMARI, forme octogonale, décor de fleurs et personnages.

167 — Grande potiche IMARI, décor d'oiseaux de Hô.

168 — Grand vase IMARI, forme cornet décor personnages.

ARMES

169 — Fusil japonais, décoré d'appliques de cuivre.

170 — Fusil japonais, décoré d'appliques de cuivre.

171 — Deux sabres de médecin. Japon.

172 — Six kriss malais. (Lot à diviser).